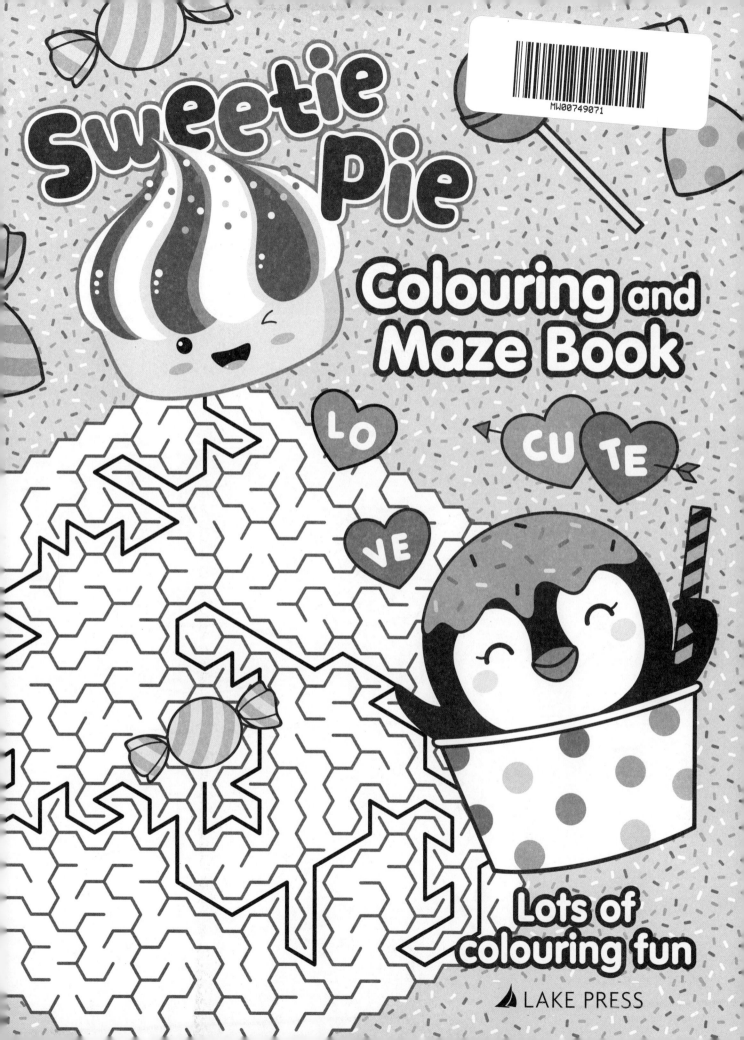

Contents

Welcome to the *Sweetie Pie Colouring Maze Book!*
A maze may be harder than it looks!

The aim of a maze puzzle is to get from one end (labelled '**START**') to the other (labelled '**FINISH**') without meeting any obstructions or walls — known as dead ends. If you meet a wall, you must turn around or **START** from the beginning. Solid lines cannot be crossed. Your task is to find the best route possible from **START** to **FINISH**.

The level of difficulty for the mazes in this book gradually increases. Consider timing yourself at the different levels to see how long it takes and whether your skill improves!

GOOD LUCK!

LEVEL ONE
Beginner

BEGINNER

START

FINISH

BEGINNER

START

FINISH

BEGINNER

START

FINISH

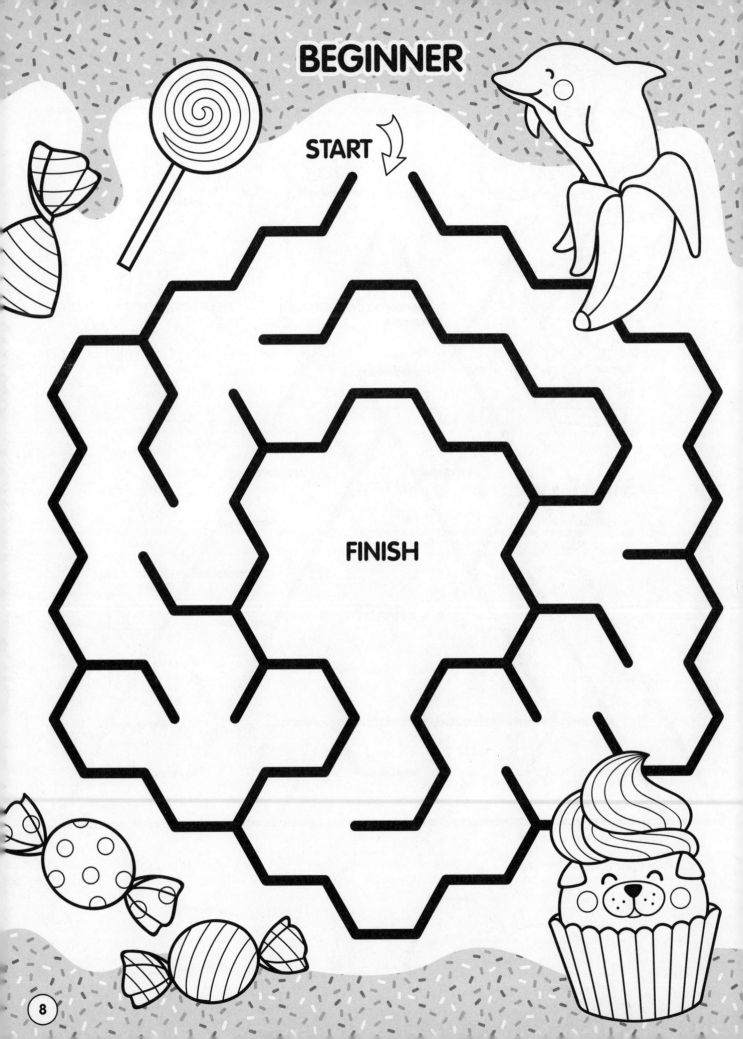

BEGINNER

START

FINISH

SWEETS

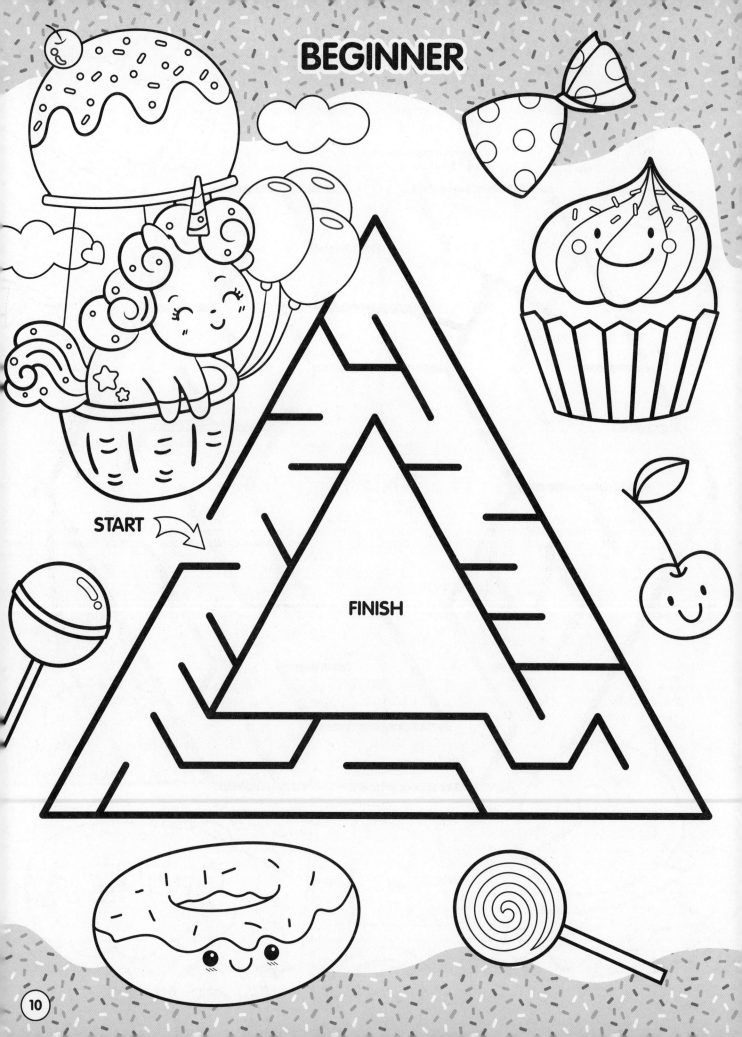

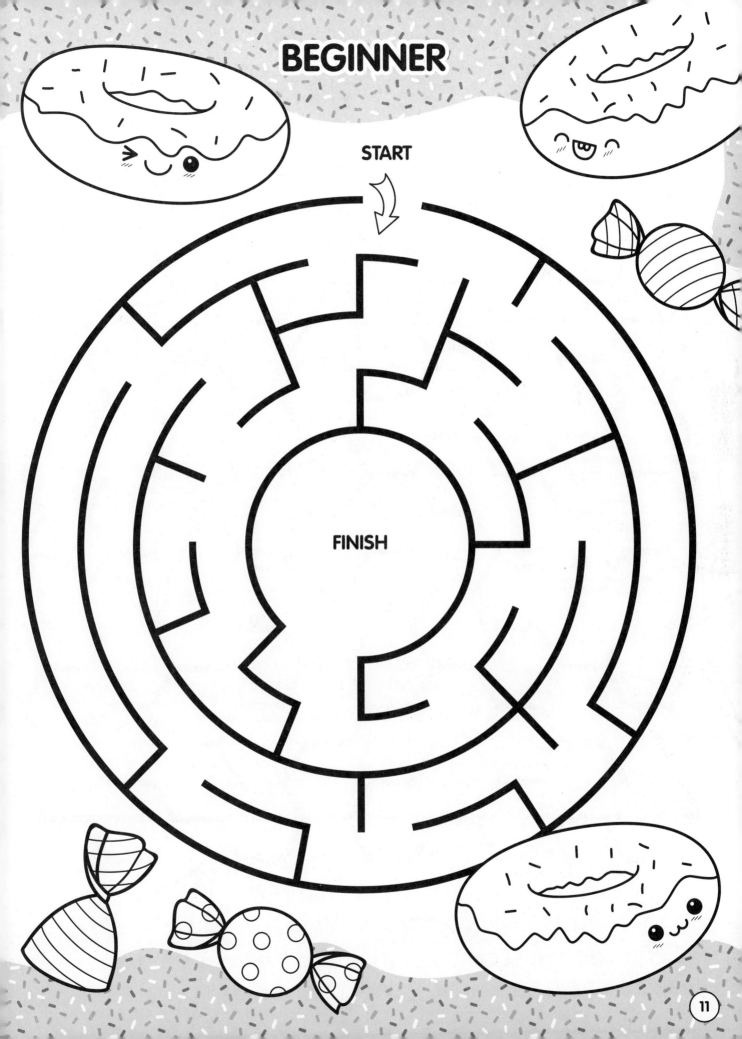

BEGINNER

START

FINISH

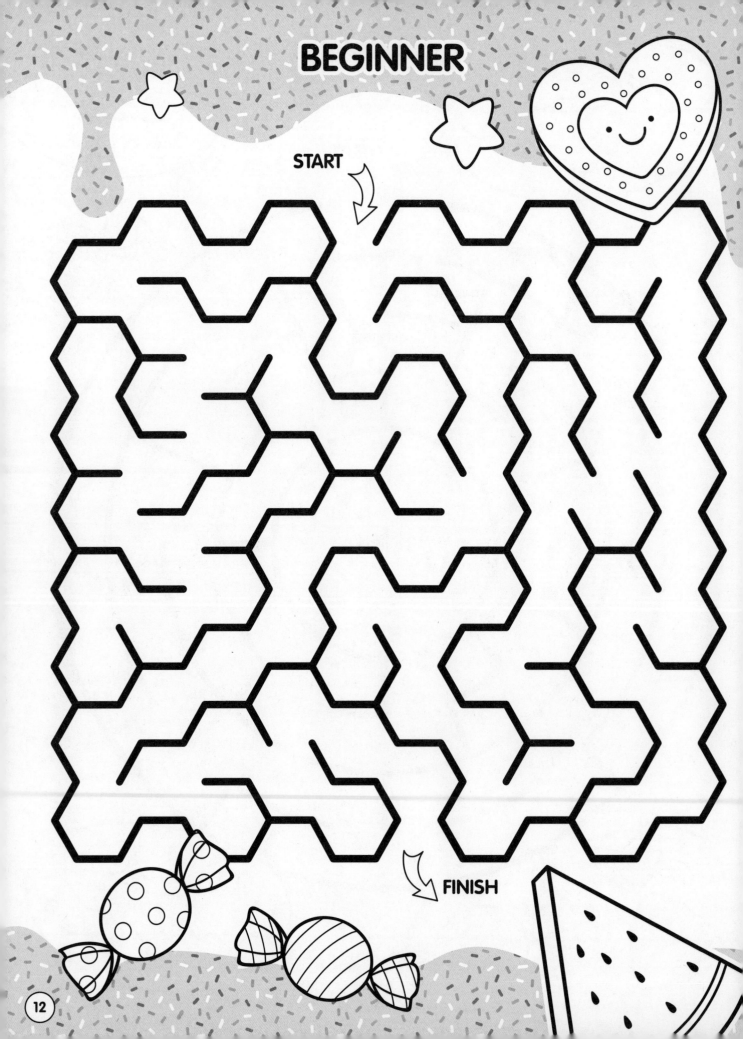

BEGINNER

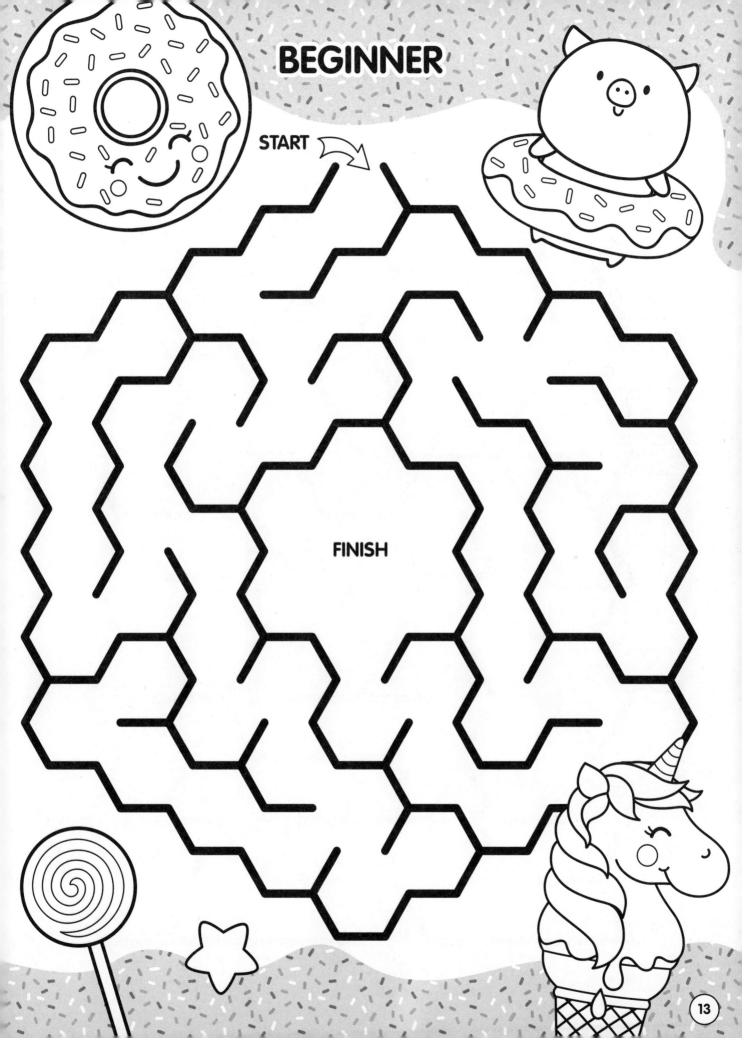

START

FINISH

BEGINNER

START

FINISH

LEVEL TWO
Intermediate

INTERMEDIATE

START

FINISH

INTERMEDIATE

START

FINISH

INTERMEDIATE

START

FINISH

INTERMEDIATE

START

FINISH

INTERMEDIATE

START

FINISH

INTERMEDIATE

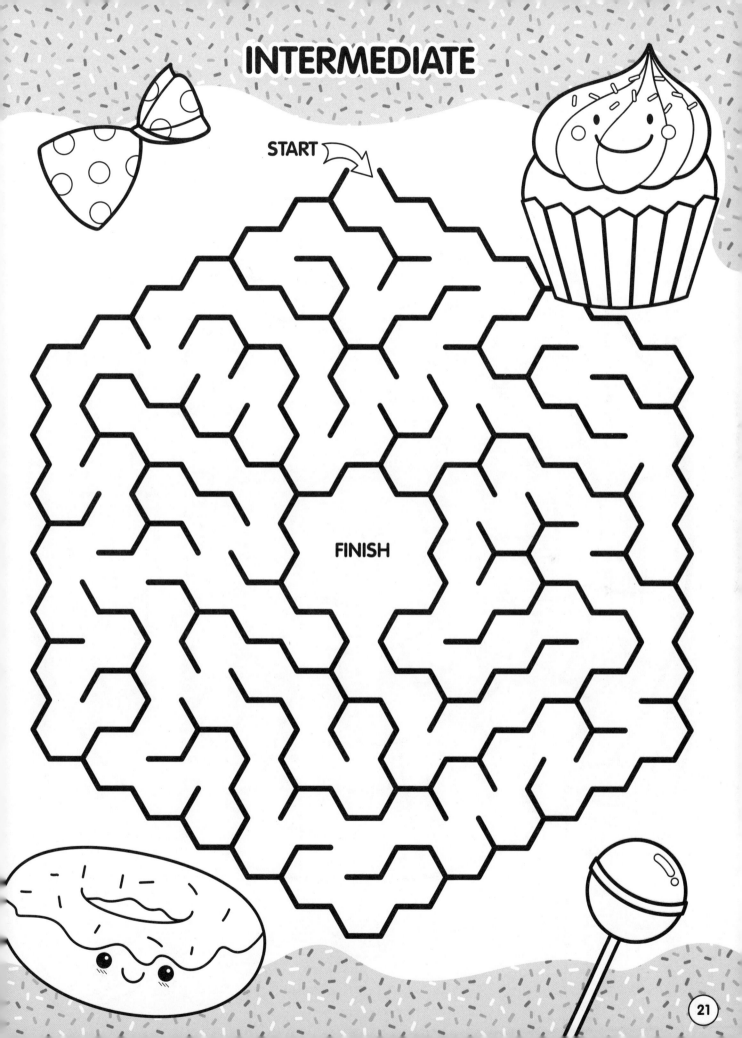

START

FINISH

INTERMEDIATE

START

FINISH

INTERMEDIATE

START

FINISH

23

INTERMEDIATE

START

FINISH

LEVEL THREE
Challenging

CHALLENGING

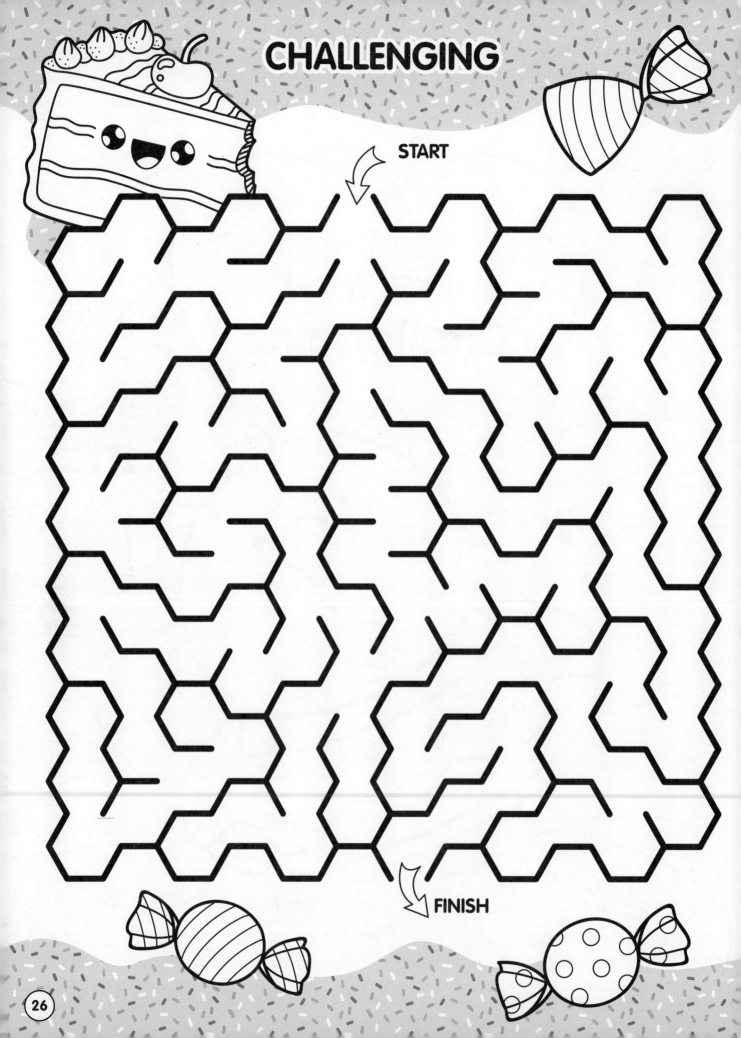

START

FINISH

CHALLENGING

START

FINISH

CHALLENGING

START

FINISH

CHALLENGING

START

FINISH

START

FINISH

CHALLENGING

CHALLENGING

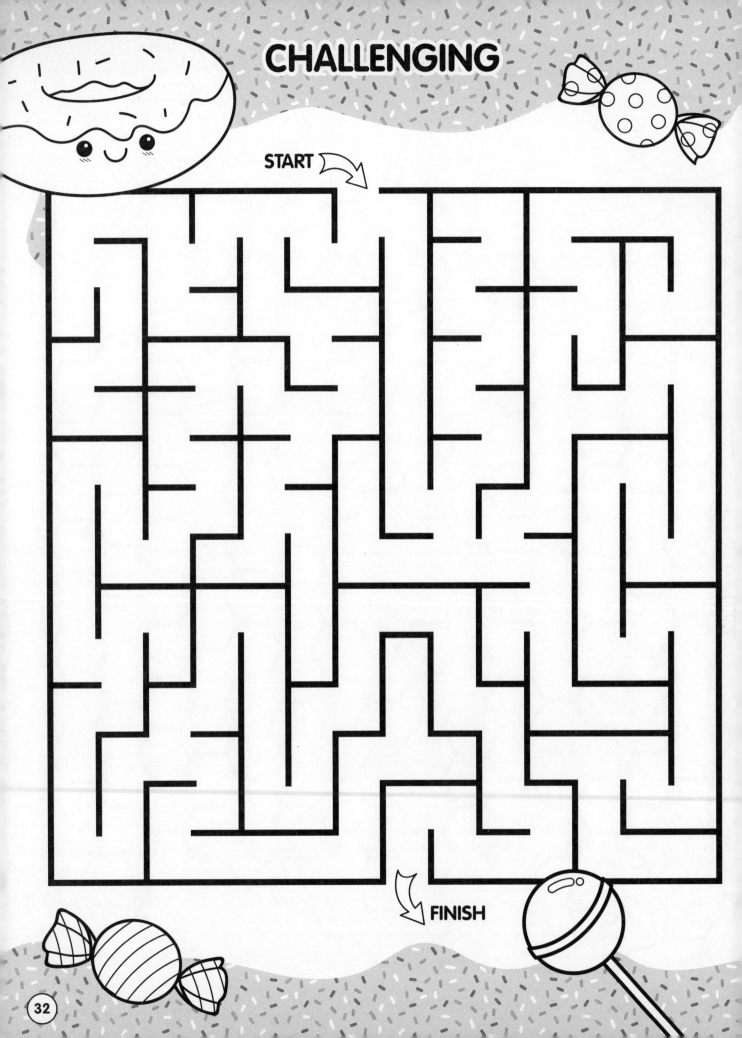

START

FINISH

CHALLENGING

START

FINISH

CHALLENGING

START

FINISH

LEVEL THREE
Expert

EXPERT

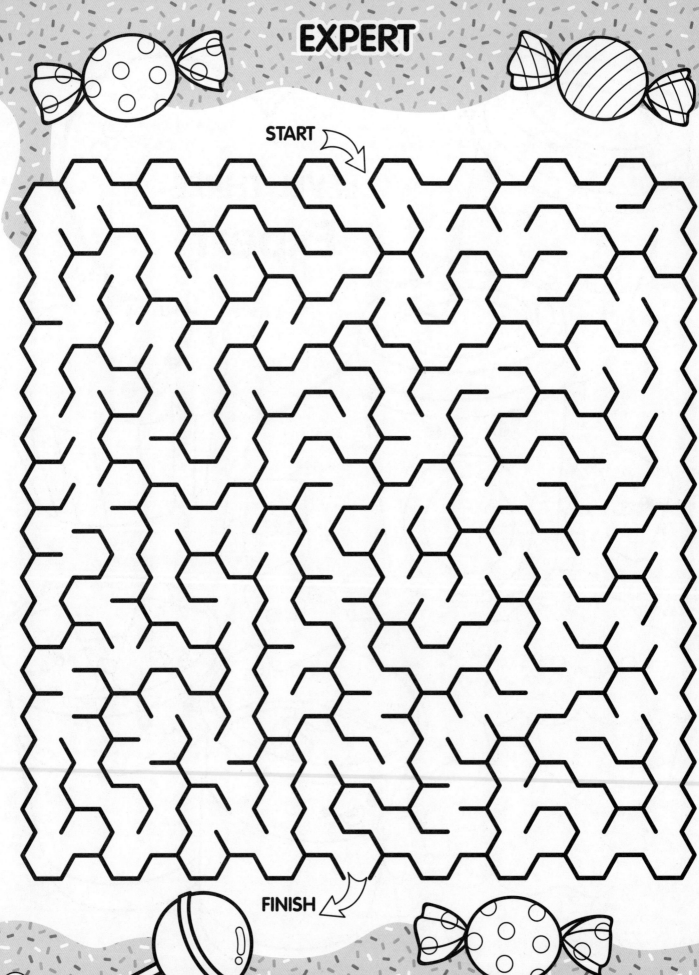

START

FINISH

START

FINISH

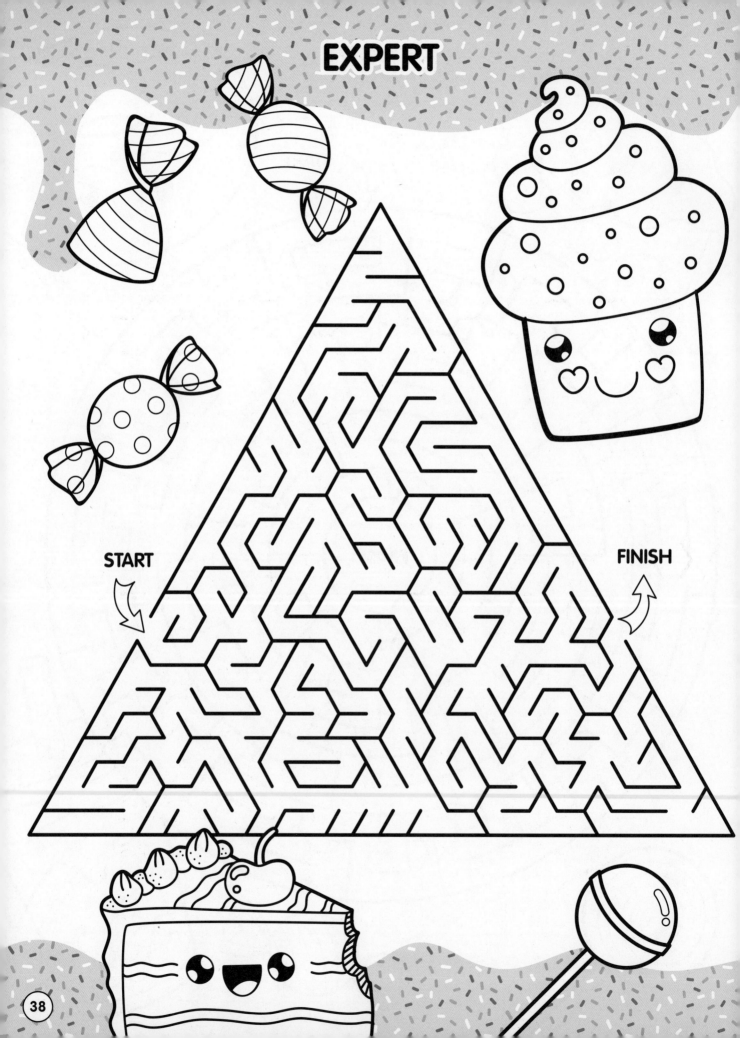

EXPERT

EXPERT

START

FINISH

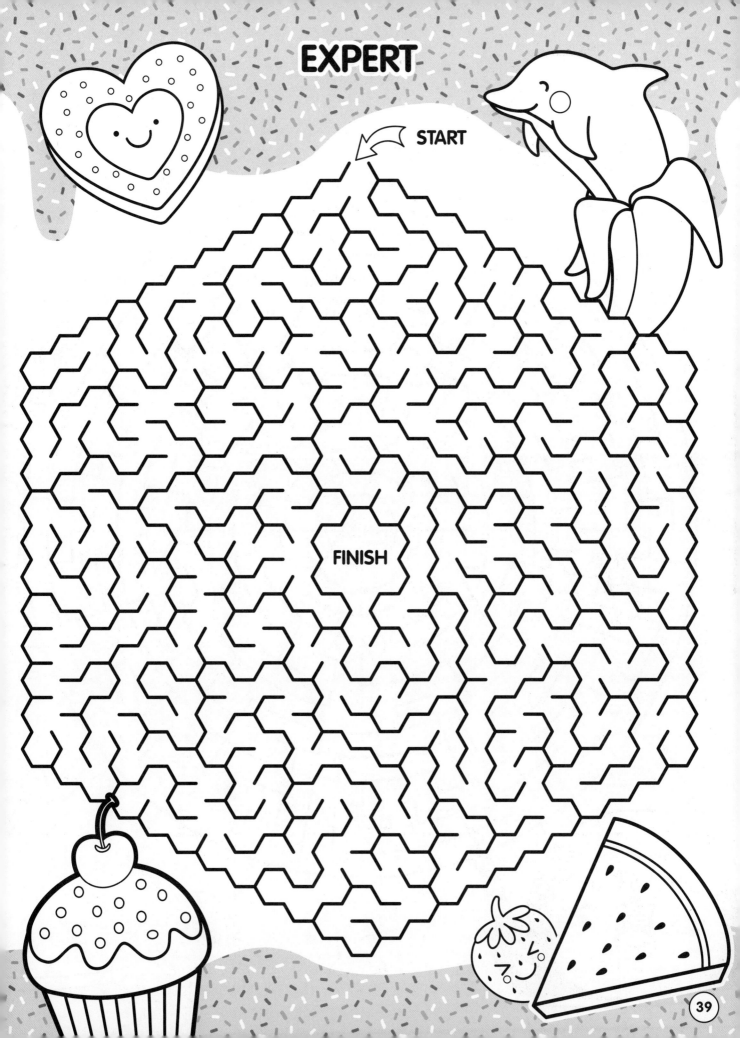

START

FINISH

EXPERT

START

FINISH

START

FINISH

EXPERT

START

FINISH

ANSWERS

Page 6

Page 7

Page 8

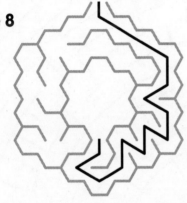

Page 9

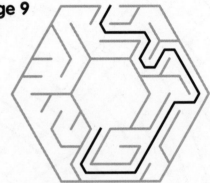

Page 10

Page 11

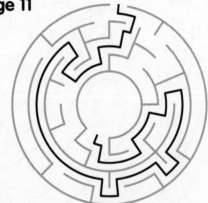

Page 12

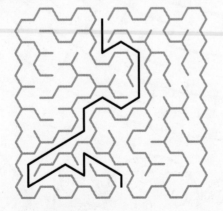

Page 13

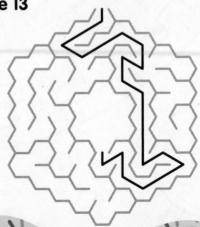

Page 14

Page 16

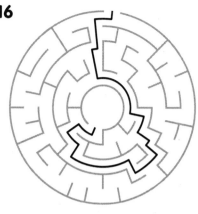

Page 17

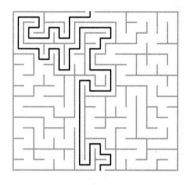

Page 18

Page 19

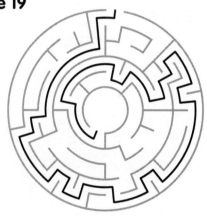

Page 20

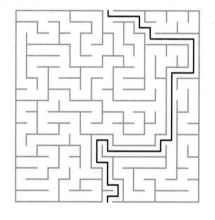

Page 21

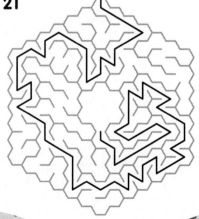

Page 22

ANSWERS

Page 23

Page 24

Page 26

Page 27

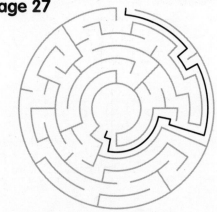

Page 28

Page 29

Page 30

Page 31